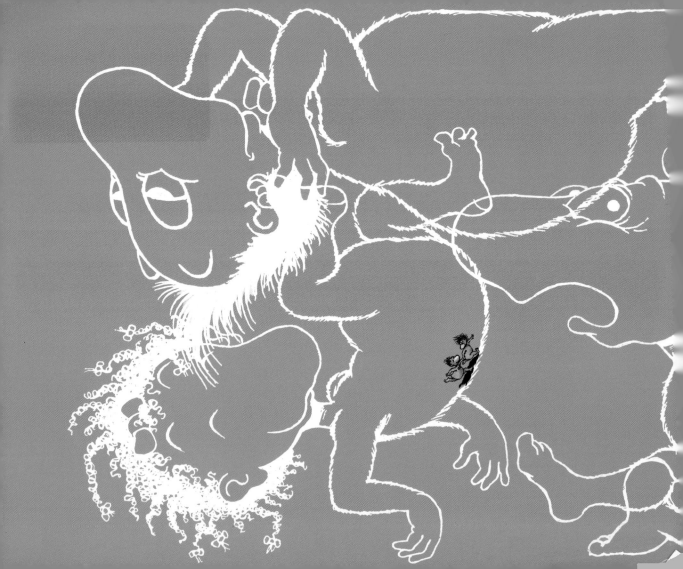

Parci et Parla

Première édition dans la collection *lutin poche* : mai 2004
© 1994, l'école des loisirs, Paris
Loi numéro 49.956 du 16 juillet 1949 sur les publications
destinées à la jeunesse : septembre 1994
ISBN : 978-2-211-07339-4
Dépôt légal : février 2008
Imprimé en France par Pollina à Luçon - n° L46077

Claude Ponti

Parci et Parla

lutin poche de l'école des loisirs
11, rue de Sèvres, Paris 6ᵉ

Ce matin, comme tous les matins, Parci et Parla se réveillent dans leur chambre.

Ils vont vite se laver dans la salle de bain, ensuite ils choisissent des habits, décident de s'habiller

en rouge et en bleu et prennent leur petit déjeuner. Ils font griller du pain et boivent du chocolat aux noisettes.

Après, Parci et Parla font le ménage, ils rangent la vaisselle, mettent en route une lessive et passent

l'aspirateur. Ils se reposent une seconde. Ils sont assez contents d'avoir fait aussi vite. Et aussi bien.

Parci et Parla sortent de la maison. Dehors est toujours aussi magnifique. Plein de soleil, d'herbe

dans la prairie, d'arbres dans la forêt et de jeux mystérieux. Ils voient un cube qui passe…

... et d'autres cubes. Ils sont haut dans le ciel. Parla grimpe sur le dos de Parci pour les attraper.

Parla réfléchit. Parci construit. Quand c'est fini, c'est Parla qui trouve la porte la première.

C'était un jeu facile. Maintenant, c'est un jeu avec les champignons… Parla pense qu'il faut monter

dessus avant qu'ils ne s'envolent tous. Une fois installés, Parci se demande s'ils ont eu raison.

Le champignon les dépose dans une forêt perchée. Là, ils rencontrent le Petit Chaperon rouge qui est

aveugle parce que personne n'a ouvert le livre de son histoire depuis mille ans. Et qu'il y fait trop noir.

Parci et Parla ont décidé d'accompagner le Petit Chaperon rouge pour l'aider. Et ils ont bien fait car

cette forêt est dangereuse, on y rencontre toutes sortes de gens et de choses pas toujours gentilles.

En se sauvant ils dérangent un peu Mireille et Piqueille, le Roi et la Reine des abeilles. C'est un

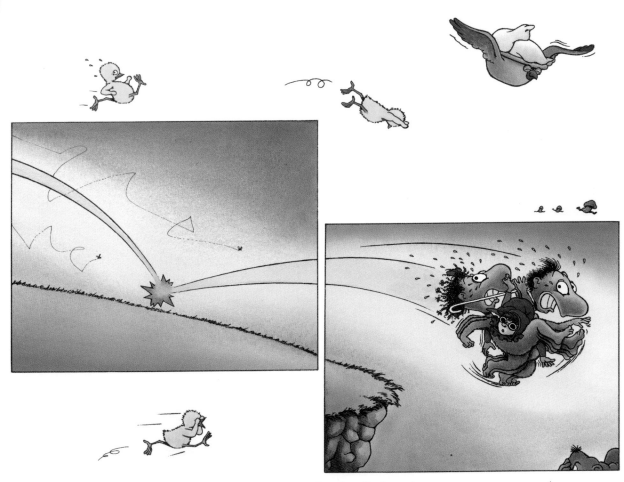

moment difficile pour tout le monde. Surtout pour Parci et Parla qui ont peur partout en même temps.

Ils ont si peur qu'ils font une boule et qu'ils tombent sur Tonnenplon, l'idiot qui était assis là, sur le

livre, depuis mille ans. Le Petit Chaperon rouge rentre chez lui. Pendant ce temps, Piqueille se venge.

Maintenant, Parci est malade, Parla aussi, sans avoir été piquée. C'est un mystère qui attire le

Guérisson qui soigne tout en rigolant. Il guérit Parci et Parla avec du rire et des grainules de plantules.

Parla est si heureuse qu'elle a envie de faire une farce. Elle se cache. Parci ne la voit plus. Il a

beau regarder partout et même crier : « Parla ! Parla ! » il ne la trouve pas. Il n'est pas content.

Il se demande où a bien pu disparaître Parla. Il tourne en rond pendant une heure. Il est en colère.

Blaise, le poussin masqué, vient le sortir de là. Et lui montre une échelle pour aller dans la cascade.

Ici, on est dans les pages secrètes du livre, où les poussins
Personne ne sait que les poussins habitent le livre, ni que ces pages

jouent avec les portraits qu'ils ont pris dans l'histoire.
existent, même pas Parci et Parla qui sont derrière, dans le tunnel.

Parci et Parla sortent du tunnel, ils font des ricochets sur la cascade et plongent dans le lac.

Ils arrivent sur une drôle de prairie. Il faut encore réfléchir. Cette fois, c'est Parci qui trouve.

Ils tombent à la maison. Par le plafond. Leurs parents sont rentrés, eux aussi, mais par la porte.

Parci et Parla racontent leur journée. Il leur est arrivé beaucoup de choses. Des vraies aventures.

Ensuite, tout le monde passe à table. Il y a des pommes de terre sautées et du poulet grillé.

Après le dîner, Parci et Parla se lavent le bout du nez et font une partie de câlins avec leurs parents.

Pendant qu'ils se couchent, Maman joue du piano et Papa vient leur raconter une histoire du soir avec

42

des tas de personnages différents. Et Blaise vient aussi pour raconter une histoire à sa façon.

Voilà, c'est la nuit, Parci et Parla se sont endormis. Ils vont faire des rêves et demain matin, ils se réveilleront.